Eine Liebe am Scharmützelsee

2

Eine Liebe am Scharmützelsee

Autorin: Kerstin Blessing

Der Standardvermerk der Deutschen Nationalbibliothek
Bibliografische Information der Deutschen Nationalbibliothek: Die Deutsche Nationalbibliothek verzeichnet diese Publikation in der Deutschen Nationalbibliografie; detaillierte bibliografische Daten sind im Internet über dnb.dnb.de abrufbar.

Herstellung und Verlag: BoD – Books on Demand, Norderstedt

ISBN: 9783749480845

Hallo, ich bin Lara und lebe mit meinem Sohn und meinem Vater in Waren an der Müritz. Nach dem Tod meiner Mutter ist Vater zu uns gezogen. Es ist für ihn einfacher. Ich arbeite im „Waldschlösschen" als Zimmermädchen. Vor zwölf Jahren kam der Schicksalsschlag. Papa hatte einen schweren Motorradunfall. Als ich Vater bei der Reha besuchte, verliebte ich mich in den Arzt, der ihn behandelte. Mit der Hochzeit ging es sehr schnell. Nachdem die Reha meines Vaters in Sommerfeld beendet war und sich herausstellte, dass er im Rollstuhl bleiben wird, läuteten für Martin und mich die Hochzeitsglocken. Leider musste ich nach sechs Jahren feststellen, dass er mich schon zwei Jahre betrog. Ich stellte ihn zur Rede, und er sagte mir, dass er sich in eine Kollegin verliebt hatte. Seit der Trennung von meinem Mann bin ich allein. Verehrer gibt es genug, doch wer ist „qualifiziert"? Wer übertreibt es mit der Werbung und wer ist zu zaghaft?

Als alleinerziehende Mutter ist das Zeitmanagement oft nicht einfach, aber mein Vater unterstützt mich sehr. Wie und ob ich alles bewältige und welche Steine mir in den Weg gelegt werden, erfahrt ihr im folgenden Kurzroman. Auch verrate ich euch, warum ich nach Bad Saarow ging und was anschließend alles passierte.

Der normale Wahnsinn

„Und wenn sie nicht gestorben sind, so leben sie noch heute. So Paul, jetzt wird geschlafen." „Ja, Mutti, aber du erzählst keinem, dass du mir noch Gutenachtgeschichten erzählst. Ich bin doch schon groß." „Morgen macht ihr den Ausflug zur Leipziger Buchmesse. Ich beneide dich richtig!" „Ja, ich weiß, ich habe aber keine Lust." „Das wird dir sicherlich gefallen. Deine Freunde sind dort auch dabei." Paulchen war unbehaglich zu mute. Durch seine Leseschwäche mochte er keine Bücher. Er verzog sich mit grimmigem Gesichtsausdruck in die hinterste Ecke seines großen Bettes und murmelte etwas vor sich hin. Mit viel Liebe und Verständnis in der Stimme sagte ich: „Gute Nacht, mein Schatz."

„Opa, drehst du mit dem Hund noch eine Runde?" Er bindet immer die Leine von Floh an seinen elektrischen Rollstuhl und fährt dann in den Park. „Ja gleich, ich sehe mir nur noch den Tatort zu Ende an." „Der Hund muss dringend raus, er war seit heute Mittag noch nicht draußen. Dir machen doch die Extratouren Spaß", sagte ich energisch und wurde etwas lauter. Das wollte ich gar nicht, aber irgendwann ist alles zu viel. „Ja, in zwanzig Minuten." Ich dachte erschöpft: „Ich schaffe die Gassirunde mit Floh nicht auch noch. Ich muss noch die Wäsche abnehmen und dann bügeln. Die Schulmappe von Paul muss auch kontrolliert werden." Gott sei Dank kann der Kleine oft mit seinen Klassenkameraden zur Schule gehen. Mein Dienst beginnt sehr zeitig. Alles eine Sache der Organisation – nur wenn es funktioniert, sind alle zufrieden. Es ist fast jeden Abend das gleiche Spiel.

Am Morgen geht es weiter. Vater ist schon wach und rumort in seinem Bad. Er macht Lärm für zwei und hat das Radio voll aufgedreht. Paul kommt aus seinem Zimmer und ich erwische ihn gerade noch so mit einem Blick aus dem Augenwinkel: „Paul, ab ins Bad! Du hast das Zähneputzen vergessen!" Endlich sitzen wir alle am Tisch in der kleinen feuerroten Küche. Die war vor drei Jahren der letzte Schrei. Das Radio spielt leiser und die Meckerei beginnt wie so oft. Paulchen sagt: „Nicht schon wieder Paprikaschote!" Papa schimpft: „Mein Frühstücksei ist zu hart!" Erklärungen müssen her: Paprika macht eine schöne Hautfarbe und in Eiern, egal ob hart oder weich, ist viel Eiweiß, das gibt Muskeln. „Hat einer von euch beiden den Hund gesehen?", fragte ich erschrocken und wurde kreidebleich. Vater hatte ihn noch gar nicht vermisst. „Oh nein, nicht schon wieder! Er ist sicher wieder bei Bella. Ich glaube, wir müssen bald Alimente zahlen!" Paulchen fragte neugierig: „Mutti, was sind Alimente?" Ich hatte es geahnt. „Das erkläre ich dir später, dafür bist du noch zu klein, mein Schatz." Vater sagte mit einem verschmitzten Lächeln: „Ich besuche mal die Nachbarin und rede mit ihr. Habe ja heute Vormittag Zeit. Paulchen ist schon zeitig unterwegs. Also brauche ich mich nicht um ihn kümmern und du bist auch noch da." Er strich sich seine weißen Haare glatt - eine Verlegenheitsgeste - und machte sich auf den Weg. Mein Vater ist für sein Alter noch recht attraktiv und sieht zehn Jahre jünger aus. Genau wie die Nachbarin mit ihren feuerroten Haaren und smaragdgrünen Augen. Papa sucht immer einen Grund, um bei ihr vorbei zu schauen. Jetzt hatte er einen. Ich wunderte mich schon, dass sie noch nicht freudestrahlend vor unserer Tür stand. Ich fragte meinen Sohn: „Wann seid ihr am Abend aus Leipzig zurück?" „Ich glaube zu sechs."

Der Tag im Hotel

Waren ist ein Kurort mit einer Soletherme. Unser Hotel liegt in einem kleinen Wäldchen direkt an der Seepromenade und sieht aus wie ein Dornröschenschloss, das dem Märchen entsprungen ist. Daher auch der Name „Waldschlösschen". Wir hatten wieder einmal spezielle Gäste mit besonderen Wünschen. Darauf bin ich eingestellt. Es wird sicher ein anstrengender Tag. Als ich im Umkleidebereich ankam, sagte mir eine Kollegin, dass ich zum Hoteldirektor sollte. Mal sehen, was er von mir möchte. Ich habe da so eine Ahnung. Ich mag ihn und seine „besondere" Art gar nicht. Er ist aufdringlich und penetrant. Belästigt mich mit zweideutigen Bemerkungen und möchte ständig mit mir ausgehen. Ich lehne immer ab und habe ihm schon oft erklärt, dass ich nicht das geringste Interesse an ihm habe. Er lässt es nicht bleiben. „Guten Morgen, Herr Wegener, Sie haben mich herbestellt. Was kann ich für Sie tun?", fragte ich ihn. „Sie sollen heute noch zusätzlich die Suiten 33 und 63 ganz besonders gut herrichten. Zurzeit haben wir wieder besondere Gäste zu Besuch. Möchten Sie nicht heute Abend mit mir ausgehen? Nur ein kleines Abendessen?" „Nein, das sagte ich schon und außerdem habe ich heute keine Zeit." „Ich würde Sie so gerne näher kennen lernen. Sie wissen doch, dass ich Sie liebe und mit allen Mitteln um Sie kämpfen werde. Sie hätten es gut bei mir. Nie wieder Geldsorgen, Ihr Sohn und ihr Vater wären auch versorgt." „Ich muss jetzt wieder an meine Arbeit gehen, Herr Wegener, sonst schaffe ich sie nicht." „Sie werden schon sehen, was Sie davon haben, Frau Olsen", sagte er pikiert und mit einem dunklen Unterton. „Wollen Sie mir etwa drohen?" „Nein, es sollte nur ein kleiner Hinweis sein."

Als ich wieder am Arbeitsplatz war, traf ich Andrea und klagte ihr mein Leid: „Immer diese Extraaufgaben. Wie soll ich das schaffen? Das ist reine Schikane", sagte ich zu ihr und fragte, ob sie mir bei den Sonderaufgaben helfen könne. Ich würde es sonst nicht schaffen. Gut, dass mein Sohn heute mit der Klasse nach Leipzig zur Buchmesse gefahren ist und erst am Abend zurückkommt. „Ach Lara, du tust mir wirklich leid! Herr Wegener scheint dich wirklich zu mögen. Doch seine Chancen, dich zu erobern, scheinen verschwindend gering bei dieser Aufdringlichkeit."

Ein Abend wie so oft

Es wurde an diesem Abend spät. Als ich zu Hause ankam, war mein Sohn schon im Bett. Ich fragte Vater: „Ist Paulchen schon eingeschlafen?" „Ja, er schläft, es war ein anstrengender Tag auf der Buchmesse. Hoffentlich bringt es ihm was! Du musstest heute sehr lange arbeiten. Hattet ihr so viele Gäste?" Die Fragen meines Vaters waren mir fast zu viel. Ich war vollkommen erschöpft und sagt zu ihm: „Ja, außerdem hatte Herr Wegener wieder Extrawünsche." Mein Vater ahnte schon, worum es ging. „Wollte er wieder mit dir ausgehen?" Nur bei dem Gedanken daran bekam ich schon ein ungutes Gefühl. „Ja, das wollte er. Ich will es aber nicht. Ich möchte mich einfach Hals über Kopf verlieben und nicht nur jemanden nehmen, weil er Geld hat und ein Hotel besitzt. Er ist mir regelrecht unsympathisch. Privat ist er bestimmt genauso unangenehm, wie als Hoteldirektor", erklärte ich Papa. „Probiere doch aus, ob das nur ein Vorurteil ist. Aber ich verstehe dich auch. Vielleicht triffst du eines Tages deinen Traummann - mit oder ohne Geld." „Wenn ich mit ihm ausgehe, erwecke ich falsche Hoffnungen in ihm." Es klingelte energisch und stürmisch an der Tür. Wer kann das sein? Vielleicht ist es Andrea, die noch Appetit auf einen Cocktail hat oder die Skatbrüder meines Vaters. Ich hatte aber eine Vorahnung wer es sein könnte „Papa, schau bitte mal aus dem Fenster, wer vor dem Haus steht." Mein Vater sah unauffällig auf die Straße hinaus und bestätigte meine Befürchtung. Es war mein Chef. „Bitte wimmle ihn ab! Sag ihm, dass ich nicht da bin", sagte ich flehend zu meinem Vater. „Er sieht doch dein Auto stehen", argumentierte er. „Ja, aber dann bin ich eben mit einer Freundin aus", versuchte ich erfinderisch zu sein. „Sei doch lieber ehrlich zu ihm. Vielleicht gibt er dann auf." „Das denke ich nicht. Langsam halte ich diese Nachstellungen nicht mehr aus." Wild entschlossen, ihm eine Absage zu erteilen, ging ich zur Wechselsprechanlage. „Hallo, wer ist dort?", frage ich. Ich tat so, als ob ich keine Ahnung hätte, wer vor der Tür stand. „Ich bin es, Herr Wegener. Ich möchte Sie in eine Bar einladen. Nur ein auf ein paar Cocktails." „Ich sagte Ihnen doch schon heute Mittag, dass ich keine Zeit habe. Ich habe noch viel zu tun und muss auch noch die Schulunterlagen für meinen Sohn für morgen fertigmachen. Außerdem bin ich sehr erschöpft von der Arbeit." „Na gut, dann werde ich Sie in nächster Zeit von Arbeiten entlasten. Vielleicht finden Sie ja dann Zeit, mit mir auszugehen." Ich glaubte seinen Worten nicht. „Wir werden es sehen, Herr Wegener, bis morgen." „Na, siehst du, es geht doch", sagt mein Vater zu mir. Aber mir graute schon vor morgen. Der Folgetag wurde nicht so schlimm, wie ich befürchtet hatte. Der Direktor ließ mich in Ruhe und es verging seit langem ein Tag ohne Bedrängnisse. Auch gab es zu Hause keine Katastrophen. Vater und Sohn waren daheim und wir verbrachten alle drei plus Hund einen entspannten, kindgerechten Fernsehabend mit der „Eiskönigin".

Ein Hoteldirektor führt Selbstgespräche

Unattraktiv ist Herr Wegener nicht: männlich markante Züge und eine große, schlanke Gestalt. Dazu die grauen, kurzen, welligen Haare, die noch sehr voll sind. Trotz seiner 52 Jahre. Er saß an diesem wunderschönen Sommerabend auf der mit Italienischer Terrakotta gepflasterten Terrasse, die sich in der Sonne aufgeheizt hatte. Einen guten Wein zu öffnen, gehörte dazu. Unwillkürlich dachte er über vergangene gescheiterte Beziehungen und deren Folgen nach:

Als sich vor zwei Jahren meine Frau von mir trennte, war alles nicht so einfach für mich. Ich hatte das Sorgerecht für die beiden Söhne verloren, das Haus am See und auch meine Yacht. Eigentlich hoffe ich immer noch auf das große Liebesglück. Ich fühle mich wirklich sehr zu Lara hingezogen. Mehr als zu Eva, der Hausdame, oder zu Dagmar, der Marketingleiterin. Bei Eva hatte ich keine Chancen, sie war gerade frisch verliebt in den Betreiber eines Bootsverleihs. Dagmar hatte auch so eine Art an sich, die mich betörte. Sie lachte viel und war sehr offen und ehrlich. Ihr naturblondes Haar leuchtete in der Sonne und die himmelblauen Augen zogen mich in ihren Bann. Sie meinte aber, ich wäre zu alt für sie, womit sie auch nicht Unrecht hatte. Vielleicht kann ich Lara doch noch für mich gewinnen. Schon der Name klingt wie Poesie in meinen Ohren. Dazu die Vorstellung, den Duft ihrer kurzen braunen Haare zu spüren und ihr in die rehbraunen Augen zu schauen, löst schon dieses gewisse Kribbeln im Bauch aus. Vielleicht kann ich sie mit meinem dunkelblauen Audi A7 oder mit dem modern eingerichteten Haus beeindrucken. Erst einmal muss ich sie dazu bringen, mit mir auszugehen. Ich werde es heute noch einmal versuchen. Ich gebe nicht auf! Ich glaube, Paul ist ein unkompliziertes Kind. Mit ihm würde ich sicher klar kommen - daran sollte es nicht scheitern. Vielleicht sollte ich doch nicht so aufdringlich und bestimmend sein. Diesen Fehler habe ich auch in meiner Ehe begangen. Deshalb verließ mich sicher auch meine Frau nach 17 Jahren.

Jetzt mache ich den gleichen Fehler noch einmal. Wie kann ich nur Laras Herz gewinnen? Sollte ich sie zu einem gemeinsamen Urlaub einladen? Aber wenn sie nicht einmal mit mir ausgeht, wird sie erst recht nicht mit in den Urlaub fahren.

Aber vielleicht kann ich sie auf eine andere Art in meine Arme treiben. Etwas inszenieren und mich dann in letzter Minute als Retter darstellen. Aber bei allem, was ihr widerfährt, wird sie denken, dass ich dafür verantwortlich bin.

Jeden Dienstag treffen sich Geschäftsmänner aus Waren im Gasthof „Zur goldenen Sonne". Zu meinen Freunden in dieser Runde zählen der Bürgermeister, einige Hausbesitzer, Betreiber von Bootsverleihen und Gastronomen. Ich weiß nicht, wie wir auf den Dienstag als Stammtischtag gekommen sind. Es hängt sicher damit zusammen, dass viele Gaststätten am Dienstag Ruhetag haben. Gastronomen sind bei uns in der Überzahl. Es werden Geschäfte besprochen und abgeschlossen. So kam ich auf eine unschöne und fragwürdige Idee. Herr Bauer war auch da. Der Vermieter von Lara...

Die Heimtücke

Ich werkelte schon einige Zeit in der Küche, als mir auffiel, dass Vater mit dem Hund ins Haus kam. „Guten Morgen, Vater. Du bist schon wach?" „Der Hund hat mich nicht schlafen lassen. Er hat wohl Sehnsucht nach Bella. Manchmal ist es nicht einfach mit ihm" sagte er etwas entnervt. „Ich muss jetzt

Paulchen wecken." Ich wollte gerade die Treppe hinaufeilen, als Vater rief: „Warte mal! Es ist ein Brief vom Vermieter gekommen. Mach ihn erst einmal auf. Er ist sicher wichtig und Paul hat fünf Minuten mehr zum Wachwerden." Ich drehte mich um und sagte zu Vater, der mir den gelben Umschlag eines Einschreibens entgegenstreckte: „Ja, das mache ich." Ein ungutes Gefühl beschlich mich. Gelbe Briefe haben selten gute Inhalte. „Oh mein Gott! Die Kündigung der Wohnung wegen Eigenbedarf. Darf er das?" Danach musste ich mich etwas sammeln und ging dann die steile Treppe nach oben in das Kinderzimmer und ahnte schon, was kommen würde. „Mutti, ich habe heute keine Lust zur Schule zu gehen. Wir haben zwei Stunden Deutsch. Es geht um diese blöde Buchmesse von gestern." Tröstend und mitfühlend sagte ich zu meinem Sohn: „Ja, ich habe schon gehört, dass es dir gar keinen Spaß gemacht hat. „Ist es was Schönes?", fragte Paulchen neugierig und schon viel munterer. „Natürlich, du kannst dich schon auf den Schulschluss freuen", antwortete ich schnell. „Na gut, dann gehe ich mal Zähneputzen und komme frühstücken." Ich glaube, er ist noch sehr müde. Jetzt das Knäckebrot und einen Apfel, dann ist er startklar für den Tag. Die Pausenbrote muss ich dann auch noch machen und das Frühstück für Vater vorbereiten. Ganz zu schweigen davon, meine Haare in Form zu bringen und mein Gesicht etwas mit Farbe zu versehen. Es ist sowieso ein Wunder, dass ich heute noch zuhause bin. Oft muss ich schon sehr zeitig raus. Ich hatte mich trotz der ganzen Alltagsroutine noch nicht von der schockierenden

Nachricht der Kündigung erholt. Wie sollte es jetzt weitergehen? Ich werde Andrea als erstes von dem Einschreiben erzählen und ihr berichten, was gestern Abend vorgefallen ist. Dass *er* mich abholen wollte, obwohl ich IHM vorher abgesagt hatte. „Paulchen, Tempo! Komm zum Frühstück runter!", sagte ich etwas genervt. „Ja, ich komme gleich." Es wäre super, meinen Sohn auch einmal zur Schule zu fahren. Daher fragte ich zögerlich: „Paulchen, soll ich dich heute zur Schule fahren?" „Ja, Mutti, das wäre schön, wenn du schon zu Hause bist" sagte er völlig unerwartet. Das hörte ich gerne! „Dann Tempo - ab geht's!"

Am nächsten Tag ging der Kleine mit seinem Freund zusammen in die Schule und ich konnte am Morgen in Ruhe mit Vater reden. Ich sagte: „Heute Abend habe ich einen Termin bei einem Anwalt. Andrea hat ihn mir empfohlen. Sie hatte ähnliche Probleme. Wir werden sehen, was dabei herauskommt. Ich mache heute Abend auch selber noch ein Schreiben an den Vermieter fertig. Das kann er nicht machen! Er kann keinen Eigenbedarf anmelden." Vater meinte: „Vielleicht will er sich auch von seiner Frau trennen? Letztens sahen sie aber ziemlich glücklich aus, als wir uns zufällig im Supermarkt getroffen hatten. Er hatte mit Gewalt den Blickkontakt vermieden. Das schlechte Gewissen in Person. Aber wir ahnen, wem wir alles zu verdanken haben: deinem Hoteldirektor. Herr Wegener will sich sicher rächen, weil du seinen Annäherungsversuchen aus dem Weg gehst. Das ist auch verständlich. Er ist fünfzehn Jahre älter als du. Aber wenn du ihn lieben würdest, dann wäre es egal, wie alt er ist." Ich dachte etwas nach und antwortete ihm dann verträumt: „Ja, Vater, so ist es. Nur die Gefühle zählen und nicht der Altersunterschied. Vielleicht finde ich ja noch den Richtigen. So mit Schmetterlingen im Bauch." Mein Vater bereitete gerade seinen Skatabend mit seinen Stammtischbrüdern vor. Sie wechseln sich jede Woche ab. Wenn er an der Reihe ist und sich alle bei uns treffen, dann bringen die Freunde das Essen und die Getränke mit. Mir wollen sie die ganze Arbeit nicht zumuten und für Papa ist es zu viel. Während mein Vater mit dem Polieren der Biergläser für den Männerabend beschäftig ist, fragte er mich: „Wann hast du den Termin mit dem Anwalt?" „Um 18.30 Uhr. Ich komme doch heute erst 17.30 Uhr von der Arbeit. Andrea ist krank geworden und ich übernehme ihre Arbeit. Das ist kein Problem, denn sie würde es auch für mich tun. So muss die Hausdame nicht lange nach Ersatz suchen. Kannst du Paul von der Schule abholen? Dann könntest du auch noch mit Floh Gassi gehen und Paulchen mitnehmen, er muss sich noch ein bisschen auspowern. Vergesst aber nicht, das Lesen zu üben. Denke daran: eine Seite liest er, anschließend kannst du ihm zwei Seiten aus seinem Lieblingsbuch vorgelesen." Mein Vater sagte mit sanfter Stimme zu mir: „Ja, Lara, das machen wir. Mach dir keine Sorgen! Wenn du von der Arbeit kommst, kannst du dich etwas ausruhen und dich auf deinen Anwaltstermin vorbereiten. Am Abend kommen dann meine Freunde." Nach diesen Worten von ihm ging es mir schon etwas besser. Ich dachte nach und kam zu dem Entschluss, dass es so funktionieren könnte und sagte dann nur: „So, ich muss jetzt los. Die Hotelzimmer machen sich nicht von alleine. Wenn die Gäste wüssten, wie viel Arbeit dahintersteckt! Manche wissen es ja und sind sehr dankbar dafür."

Ich machte mich auf den Weg ins Hotel, nachdem ich meinen Ford aus der Parklücke manövriert hatte. Nun ja, es wird schon alles klappen zuhause. Vater wird es schon machen. Jetzt geht bzw. fährt er mit dem Hund spazieren und dann in sein Lieblingseiscafé. Um den Frühstücksabwasch brauche ich mich auch nie kümmern. Papa räumt alles auf. Trotz seiner Behinderung ist er sehr selbständig. Mein Telefon klingelt schrill! Dieser Klingelton gehörte zu Andrea. „Hallo Andrea, wie geht es dir?" „Schon ein wenig besser. Aber ich rufe nicht an, um zu jammern. Ich habe gerade die Kleinanzeigen in der Zeitung gelesen. Stell dir vor, da sucht ein Hotel am Scharmützelsee Zimmermädchen zur direkten Einstellung, also nicht über eine Fremdfirma. Wäre das nicht etwas für dich? Ich würde dich zwar fürchterlich vermissen, aber du würdest unserem Hoteldirektor entkommen." „Ich weiß nicht, hier alles aufgeben? Dich, die nette Hausdame im Hotel und die Wohnung, um die ich ja jetzt kämpfen muss. Sie ist für uns so ideal." „Lara, ich glaube das wäre das Richtige für dich. Das sagt mir mein Gefühl. Ich sende dir die Anzeige als Foto." „Gut, so machen wir es, Andrea. Gute Besserung! Ich bin nämlich gerade am Hotel angekommen und muss in die Umkleide. Ich melde mich heute Abend bei dir. Ich habe ja heute noch den Termin beim Anwalt." Das Telefonat geht mir nicht mehr aus dem Kopf. Auf dem Gang traf ich die Hausdame, sie sagte: „Hallo, Frau Olsen. Ich habe mitbekommen, dass Herr Wegener mehr von Ihnen möchte. Das hat er schon bei vielen versucht. Auch bei mir. Es war für mich nicht einfach, Hausdame zu werden. Er hat mir viele Steine in den Weg gelegt. Lassen Sie sich nicht beirren." „Nein, das werde ich nicht! Ich werde mich nicht hinausmobben lassen! Hoteldirektor hin oder her - ich werde rechtliche Schritte einleiten und mich zur Wehr setzen." „Das ist gut und ich stehe voll hinter Ihnen. Es könnte für mich auch Schwierigkeiten bringen, aber damit muss ich leben. Sie sind so eine gute Mitarbeiterin, deshalb werde ich Sie auch nach Kräften unterstützen." „Ich danke Ihnen für ihre Angebot, Frau Seiler."

Immer wieder geisterte mir Andreas Anruf durch den Kopf. Könnte ein neuer Anfang die Lösung sein, oder ist es nur eine Flucht? Ich werde heute Abend nach dem Anwaltstermin noch einmal mit ihr reden. Ich versuchte mich auf meinen täglichen Arbeitsalltag, die Routine im Hotel, zu konzentrieren. Eigentlich machte mir die Arbeit dort sehr viel Freude - wenn der Direktor nicht wäre. Die Kolleginnen sind alle sehr nett. Eine hilft der anderen. Es gibt nur kleinere Reibereien. Unwichtige Dinge. Es ist stressig, da wir nach der Anzahl der gereinigten Zimmer und Suiten bezahlt werden. Der Ablauf in unserem Hotel ist gut organisiert. Ein Grund, warum ich gerne im „Waldschlösschen" in Waren an der Müritz arbeite, ist unter anderem die Hundefreundlichkeit. Unser Floh würde sich hier auch wohl fühlen. Egal, wie viele Vierbeiner mit Herrchen oder Frauchen Urlaub machen, nur ein Hund wird berechnet. Sie dürfen sogar beim Frühstück dabei sein. Zwar in einem eigens dafür gedachten Bereich, aber es ist erlaubt.

Mein Arbeitstag war mit vielen Gedanken zu Ende gegangen. Das Auto musste ich heute etwas entfernt parken. Mein Parplatz in der Nähe des Hotels war am Morgen besetzt. Ein dem Hoteldirektor nahestehender Stammgast, der sich provozierend immer ein wenig mehr erlaubte, als bei Gästen sonst üblich, hatte ihn blockiert. Aber der Kunde ist nun mal König. Daran kann und will ich nichts ändern. Wenn ich im Urlaub bin, möchte ich mich auch wie ein König fühlen. Vater wird schon mit dem Essen auf mich warten. Er hat sicher auf dem Rückweg eine Pizza mitgenommen. Paulchen weiß, dass es einmal in der Woche eine Ausnahme gibt. Montags schaffe ich es nie Abendessen zu kochen. Erst recht nicht heute, da Andrea krank ist.

„Ich habe es mir fast gedacht. Opa hat dir deine Lieblingspizza gekauft. Schaffst du denn überhaupt deinen Teil? Es gab doch sicher schon ein Eis unterwegs." „Hallo Mama! Ja, das stimmt. Aber ich habe heute großen Hunger. Mir hat das Mittagessen in der Schule nicht geschmeckt." „Das ging mir früher auch oft so. Montag gibt es an den meisten Schulen Eintopf. Das war schon so, als ich noch zur Schule ging. Habt ihr Lesen geübt?" „Ja, solange bis die Pizza kalt war. Aber wir wollten ja auch auf dich warten. Du hast doch auch Hunger? Oder?" „Ja, mir hat das Mittagessen auch nicht geschmeckt."

Nach dem Essen, Ausruhen und Duschen hatte ich den Termin mit dem Anwalt. Ich fuhr mit gemischten Gefühlen in die Kanzlei. Rechtsanwalt Schulz hatte mich schon erwartet. Der Termin bei ihm war sehr aufschlussreich. Das Schreiben des Vermieters ist nicht gültig. Er hat kein Recht, Eigenbedarf anzumelden. Dass hatte der Anwalt in der Vorbereitung auf den Termin herausgefunden. Ob ich eine Klage einreiche, soll ich mir aber genau überlegen. Der Prozess würde sich lange hinziehen. Herr Schulz hat mir davon abgeraten. In meiner Rechtsschutzversicherung ist kein Mietrecht enthalten. Kulanterweise darf ich die Beratung heute Abend in drei Monatsraten zahlen. Wenn ich das dem Vater erzähle, wird er bestimmt die komplette Summe in meinem Auftrag überweisen wollen.

Ich wählte schnell die Nummer von Andrea, bevor ich zuhause ankam und ich fragte sie: „Na, hast du dich ausgeruht? Dein Tipp mit dem Anwalt war gut, aber er hat keine Möglichkeit, mir zu helfen." „Warum denn das?" „Das Schreiben ist ungültig, aber eine Klage wäre zu langwierig. Einen Zusammenhang zur Stammtischbekanntschaft mit unserem Hoteldirektor lässt sich nicht beweisen. Ich habe deine Nachricht mit der Stellenanzeige bekommen und denke langsam doch ernsthaft darüber nach." „Das ist gut für dich, Lara, aber nicht für mich." **Noch ist nicht aller Tage Abend...**

Weitere Überlegungen

Ich sah das Licht in unserer Küche brennen, als ich die Haustür aufschloss. Vater war noch mit dem Aufräumen beschäftigt. Er ist gerade fertig und ich sage zu ihm:

„Sieh mal, Andrea hat mir eine Nachricht mit einer Stellenausschreibung gesendet. Sie hat da eine Annonce in der Zeitung gefunden. Was hältst du davon?" Papa las sich die Stellenanzeige aufgewühlt durch. Er konnte es nicht fassen, dass ich mit solch einem Gedanken spielte. Nach einer kurzen Pause argumentierte er: „Da wäre ich nicht begeistert, wenn wir das machen würden. Wir hätten es dort wieder schwer. Der Kleine muss neue Freunde finden, sich in der Schule neu einleben und wir brauchen eine neue Wohnung, in der ich selbständig bleiben kann." „Ich hatte doch heute den Anwaltstermin. Er hat mir wenige Hoffnungen gemacht. Seine Kosten in Höhe von 472 Euro für die Beratung kann ich in drei Monatsraten abzahlen." „Du hast doch eine Rechtsschutzversicherung." „Ja, aber ohne Mietsrechtsschutz. Nur normalen und Verkehrsrechtsschutz. Wegen meiner chaotischen Fahrweise. Sicher ist sicher." „Wir müssen darüber noch einmal schlafen. Es ist ja noch nicht mal gesagt, dass du überhaupt eine Chance auf den Job hast. Alleinerziehend und mit einem behinderten Vater? Du hättest bei der Scheidung doch nicht auf deinen eigenen Unterhalt verzichten sollen." „Doch das kommt der Ausbildung von Paul zugute. Sein Vater hat dafür ein Konto eingerichtet, auf das er nachweislich einen hohen Betrag eingezahlt hat. Ich habe es jetzt finanziell schwerer, da ich keinen Ehegattenunterhalt bekomme, kann aber später Paul eine bessere Ausbildung ermöglichen, die ich ihm nicht finanzieren könnte." „Ja, das stimmt, da hast du recht."

„Wenn ich meine Chancen nicht auslote, kann ich sie auch nicht beurteilen", sagte ich zu Vater. „Das mit dem Noch-einmal-darüber-Schlafen stimmt. Ich werde eine Liste mit den Vor- und Nachteilen zusammenstellen und alles genau überdenken. Trotzdem eine gute Nacht und mach dir keine Sorgen, ich treffe schon die richtige Entscheidung. Ich muss - und das ist wirklich ein Muss - allen gerecht werden. Mir, meinem Sohn und dir. Diesmal stehe wirklich ich im Vordergrund, da meine Probleme die größten sind. Die Schikanen meines Chefs sind unerträglich. Paul ist noch in der Grundschule und steht vor dem Wechsel in die Realschule. Das ist gar kein schlechter Zeitpunkt für eine Veränderung. Er muss sich so oder so neu eingewöhnen. Du bist sehr kontaktfreudig und findest überall neue Freunde. Eine neue Stammkneipe gibt es bestimmt auch dort. Ich denke, ich habe da eine Idee, wie wir herausfinden können, ob uns der Umzug gefallen könnte oder nicht." Wir gingen zu Bett und konnten schwer in den Schlaf finden. Vater lag sicher noch lange wach und grübelte. Er ist oft skeptisch und pessimistisch. Das liegt an seien wechselnden Lebenserfahrungen. Morgen werde ich alles mit ihm besprechen.

Ich merkte, dass mein Vater sich zum Frühstück verspätete. Das Essen stand für alle auf dem Tisch. Paprikaschote, Äpfel und selbstgemachte Marmelade. Vollkornbrot, Knäckebrot, Butter es ist alles da.

Papa und Paul gehen ins Bad und dann wird gefrühstückt. Martin hatte gestern Abend noch angerufen, um abzuklären ob Paulchen am Wochenende zu ihm kommt. Mit ihm habe ich über die Probleme mit meinem Chef geredet und ihm von meinen Gedanken an einen Umzug und Arbeitsplatzwechsel erzählt. Er meinte, ich sollte Paulchen erst einmal gar nichts sagen. Wie ich mich entscheide, weiß ich noch nicht. Ich denke ich werde den Rat von meinem Exmann annehmen und alles erst nur mit meinem Vater besprechen. Paul fährt dann am Wochenende zu Martin nach Berlin. Es muss ausgenutzt werden, dass dieser Sonnabend und Sonntag frei hat. Das ist leider sehr selten. **Vielleicht sollte es diesmal so sein.**

„Hallo ihr beiden! Guten Morgen! Essen und Kaffee sind fertig. Paul, du gehst ja mit Oli in die Schule, nicht wahr?" „Ja." „Dann muss ich dich nicht fahren, das ist gut. Du bist ja so still? Was ist los?" „Ich habe gestern gehört, dass wir wegziehen sollen. Die Tür war offen. Ich konnte alles hören. Ich habe doch meine Freunde hier. Manche ärgern mich zwar, weil ich nicht so gut schreiben kann, wie sie. Aber es sind meine Freunde." „Aha dann verstehe ich deine schlechte Laune. Wir wissen das alles noch nicht. Wenn ich genaues weiß, reden wir mit dir. Versprochen!" „Na gut, dann rege ich mich noch nicht auf." Da musste ich lächeln. Er hatte wieder etwas von uns Erwachsenen aufgeschnappt, das er nicht einordnen konnte. Aufregen - wie kann ein Kind sich aufregen? „So, nun wird gefrühstückt. Olli kommt gleich, dann müsst ihr los."

Der Kleine ist unterwegs zur Schule und ich kann mit Vater alles besprechen. „Papa, ich habe eine Idee.

24

Am Wochenende ist Paul bei seinem Vater. Bis dahin schaffe ich es, meine Bewerbung fertig zu machen, und wir könnten einen Wochenendausflug nach Bad Saarow unternehmen. Eine preiswerte Unterkunft für eine Nacht wird sich schon finden. Ich habe da schon mal gegoogelt. Das Hotel „Esplanade" soll nicht schlecht sein und 113 Euro für eine Nacht sind einmal bezahlbar. Bis zur Ulmenstraße ist es nicht weit. Ich habe im Internet gelesen, dass es in dem Ort auch eine Therme gibt. Das wäre doch nicht schlecht für dich. Dort gibt es sicher auch gute Physiotherapeuten." Mein Vater sagte begeistert: „Das ist eine gute Idee, und das mit der Therme finde ich toll! Die Rechnung für die Beratung vom Anwalt bezahle ich dir auch. Du machst immer so viel für mich, dann kann ich dir auch etwas Gutes tun. Wenn wir dorthin ziehen, wird die Wohnungssuche durch meine Behinderung für dich noch schwer genug." Es freute mich sehr, dass er mir bei den Anwaltskosten unter die Arme greifen wollte. Ich bezahlte im Gegenzug das Hotelzimmer am Wochenende. „Danke Vater, so machen wir das! Ich werde gleich versuchen, im Hotel „Esplanade" ein Zimmer mit Frühstück zu buchen."

Der Ausflug

Martin hatte Paul über das Wochenende zu sich nach Berlin geholt. Mir ist noch ein Argument für Paul eingefallen, um ihm den Umzug schmackhaft zu machen: die Nähe zu Berlin und somit zu seinem Vater. Nur die halbe Strecke. Das Zimmer habe ich gebucht. Zwei Tage wären schöner, aber das wird uns zu teuer. Floh hätten wir mitnehmen können, aber wir haben ihn lieber bei Freunden untergebracht. Der Scharmützelsee ist herrlich! Absolut vergleichbar mit unserer Müritz. Paul würde es hier sicher auch gut gefallen. Die Schule liegt zentral. Es gibt sehr viele Hotels und Ferienwohnungen. Die Therme ist sehr schön gelegen. Nur 150 Meter vom See entfernt, der wunderschön in der Sonne glitzert. Schwäne ziehen mit ihren Jungen ihre Bahnen. In der Nähe der Therme sind mehrere Hotels. Einige nur für Erwachsene. Viele Urlauber möchten gerade ihren Wellnessurlaub ohne „Kinderlärm" genießen. Das ist Ansichtssache. In Bad Saarow ist alles etwas weitläufiger als in Waren. Um den wunderschönen See herum gibt es wirklich viele sehr große Hotels und auch zwei große Ferienhaussiedlungen. In Wendisch Rietz ist eine riesengroße Saunalandschaft direkt neben einer dieser Siedlungen. Es gibt eine große und bekannte Klinik in Bad Saarow mit vielen gut spezialisierten Ärzten. Mein Vater freut sich sehr darüber, da er durch seine Behinderung oft ärztliche Hilfe in Anspruch nehmen muss. Hautarzt, Neurochirurg und Orthopäde alles ist in der Nähe. Wir werden nach einem ersten langen Spaziergang vom „Esplanade", über die Uferpromenade bis zum Bahnhof etwas im Hotel „Die Bühne" essen. Die Küche hat einen sehr guten Ruf. „Die Bühne" ist behaglich und stilvoll eingerichtet. Morgen müssen wir dann etwas sparsamer sein. Ich habe aber schon eine kleine Pizzeria am Bahnhofsplatz und eine namhafte Bäckerei gegenüber dem Supermarkt entdeckt. Die sind sicher etwas preiswerter und der Kuchen in diesem Café soll legendär sein. Ich kann es gar nicht abwarten, morgen das „Residenzhotel" in der Ulmenstraße zu suchen und meine Bewerbungsunterlagen abzugeben. Es ist zwar Wochenende, aber der Empfang im Hotel wird sicher am Montag alles weiterleiten. Vielleicht kann ich auch noch ein Empfehlungsschreiben von unserer Hausdame bekommen, das ich dann noch zusätzlich nach Bad Saarow senden kann. Das konnte ich leider so schnell nicht organisieren. Am Sonntag gehen wir dann in die Therme. Sie ist sicher auch für Behinderte geeignet.

Mein Vater ist von dem Hotel, in dem ich mich bewerbe, begeistert. Bei den hohen Zimmerpreisen erwarte ich auch einen guten Standard und Service. Zwei Gaststätten, ein großer Wellnessbereich, eigenes Fitnessstudio und eine große Bar. Die Zimmer hatte ich mir im Internet schon angesehen. Sie sind alle sehr luxuriös. Alles in Weiß und hellem beige. Es wäre schön, hier zu arbeiten. Am Empfang sagte man mir, dass es mit dem Auswahlverfahren für die Bewerber schnell gehen könnte. Sie bräuchten dringend Personal und ich könne sicher schon in der kommenden Woche mit einer Antwort rechnen. Die Bezahlung ist fair und gut. Die Überstunden werden alle vergütet und den Kindern der Angestellten wird eine Ferienbetreuung angeboten. In Trassenheide auf der Insel Usedom.

Wie geht es weiter?

Nach unserer Wochenendreise wartete ich nun gespannt auf eine Antwort aus Bad Saarow. Mir fiel es schwer, mich auf meine täglichen Aufgaben zu konzentrieren. Die Schikanen des Hoteldirektors dauerten an und wurden sogar noch schlimmer. Er stand beinahe jeden zweiten Abend vor meiner Haustür und wollte mich zum Essen einladen oder in eine Bar ausführen. So konnte es nicht weitergehen. Manchmal hatte ich das Gefühl, er lauert mir direkt an meiner Wohnung auf. Ich überlegte schon, ihn wegen Stalking bei der Polizei anzuzeigen. Sicher bekomme ich dann von ihm die fristlose Kündigung, aber schlimmer kann es ja nicht werden. Mir fehlten die Beweise, dass er hinter der Wohnungskündigung steckt. Auch wenn ich diese hätte, würde es uns nichts bringen. Wenn ich nicht Andrea und meinen Vater hätte, die meine Situation kennen, verstehen und mich unterstützen, wäre ich schon verzweifelt.

„Na, Paul, wie war die Schule? Warst du mit Opa wieder Pizza essen?" „Ja, das waren wir. Die Schule war doof wie immer. Ich hasse Deutsch. Zeichnen ist besser. Immer dieses blöde Lesen und Schreiben." „Ja, das ist nun mal wichtig. Wir üben es doch und dir fällt es auch schon leichter."

„Vater, war der Hund mit euch mit?" „Ja", sagte Vater. „Dann wäre ja alles für heute erledigt!" „Nein, Lara, nicht ganz", sagte Vater mit einem erwartungsfrohen Lächeln. „Ich habe hier einen Brief aus dem Postkasten mitgebracht, der dich sicher interessiert." Ich wurde nervös, als ich sah, dass er aus Bad Saarow vom „Residenzhotel" kam. Beim

Öffnen zitterten meine Hände. „Na, da bin ich gespannt! Das ging ja wirklich schnell! Vielleicht hat der Mann vom Empfang alles etwas beschleunigt. Er schien mich sehr nett zu finden."

„Es ist eine Zusage!", rief ich begeistert. Heimlich gehofft hatte ich darauf. Das alles ohne Vorgespräch? Ich konnte es nicht glauben. Sie hatten es offensichtlich wirklich sehr eilig, Personal zu finden. Eine Woche und sie hatten die Entscheidung gefällt. Ich konnte mein Glück kaum fassen! Ich schrieb sofort die Kündigung und rief voller Euphorie Andrea an. Sie freute sich sehr und beneidete mich ein bisschen. Aber in Bad Saarow ist es so schön, da wird sie mich oft besuchen kommen. Den Direktor und die Hausdame kenne ich ja auch noch nicht. Und werde ich mit den neuen Kolleginnen klarkommen? Eigentlich habe ich eine Kündigungsfrist. Wird der Hoteldirektor einem Aufhebungsvertrag zustimmen? Damit hat er sicher nicht gerechnet. **Er wollte mich sicher zu seinem Glück zwingen.** Narzisstische Persönlichkeitsstörung, würde ein Psychologe sagen, alles dreht sich nur um ihn. Sein Glück ist das Wichtigste. Gott sei Dank muss ich das nicht mehr lange ertragen. Ich freue mich schon riesig auf die Ankunft in Bad Saarow. Werden wir eine behindertengerechte Wohnung finden? Nun beginnt ein neuer Abschnitt. **Jedem Ende wohnt ein neuer Anfang inne...**

Das Ende und der Anfang – werden sie gelingen?

Ich rief Andrea an: „Andrea, ich habe heute die Zusage von Bad Saarow bekommen und schreibe gerade die Kündigung für Herrn Wegener. Ich kann schon am nächsten Ersten anfangen. Ist das nicht toll?" „Oh mein Gott, Lara, das ging ja schnell! Wie willst du in der kurzen Zeit eine passende Wohnung für euch finden?" „Ja, das wird schwierig, aber ich habe da schon eine Idee. Wozu gibt es in Bad Saarow so viele Ferienwohnungen? Vielleicht können wir eine günstige für die Übergangszeit mieten. Eine kleine reicht ja. Es ist ja nur, bis wir eine geeignete Wohnung gefunden haben. Ich werde auch im „Residenzhotel" nachfragen, ob dort jemand eine Idee hat. Zwei Zimmer bei der Oma einer Kollegin reichen ja auch", sagte ich lachend. „Soll ja nicht für immer sein." „Dann bist du bald weg, das ist furchtbar für mich! Ich bin gespannt, was Herr Wegener dazu sagt. Er wird dich nicht so schnell gehen lassen. Er wird hoffen, du kommst jammernd zu ihm und bittest ihn um Hilfe bei der Wohnungssuche in Waren. Vielleicht möchte er dir auch anbieten, mit deinem Sohn und deinem Vater bei ihm in das Ferienhaus auf seinem Grundstück einzuziehen. Ganz uneigennützlich natürlich" sagte Andrea sarkastisch. „Andrea, ich muss jetzt auflegen, ich habe noch viel zu tun. Vor allem muss ich mit Paulchen reden. Er soll ja alles von mir erfahren und nicht erst von seinen Klassenkameraden. Wenn ich morgen die Kündigung abgebe, wird sich alles sehr schnell rumsprechen.

Der Buschfunk funktioniert hier sehr gut." „Nicht nur hier, Lara. Bis morgen im Schlösschen."

Es sind nur noch 14 Tage bis zum Neubeginn, und es gibt noch viel zu erledigen. Mit Paul reden, Kündigung abgeben, nach einer Übergangswohnung suchen und den ganzen Umzug organisieren. Ich bin total euphorisch und muss mich erst einmal sammeln, um die notwendigen Schritte zu tun. Beim Umzug helfen mir hoffentlich die Kolleginnen und deren Männer. Ich glaube, einer hat einen Transporter und einen Pferdeanhänger. Mit dem Anhänger dürfen zwar keine Möbel transportiert werden, aber wo kein Kläger, da kein Richter.

Die Kündigung habe ich mit Freude geschrieben und mit gleicher Freude werde ich sie morgen beim Direktor persönlich auf den Tisch legen. Paul sieht dem Neustart nun doch zuversichtlich entgegen. Neue Freunde zu finden fällt ihm sicher nicht schwer. Es kennt noch keiner seine Probleme beim Lesen und Schreiben, aber das wird sich leider ändern. Dann müssen wir ihn mit unserer Liebe und Geduld wieder neu motivieren. Ich mache alles für mein Kind, was in meiner Macht steht und noch mehr. Vielleicht bekommt er dort aber noch bessere Unterstützung, als in Waren. Da wäre ich sehr glücklich. Der Trick mit dem abendlichen Vorlesen funktioniert gut. Eine Seite liest er und bekommt zur Belohnung zwei Seiten vorgelesen. Ich muss mich noch erkundigen, welche Regelungen es gibt, wenn ein Kind innerhalb des Schuljahres die Schule wechselt. Es ist alles nicht einfach, aber notwendig. Als ich Pauls Vater von meinen Problemen mit dem

Hoteldirektor und dem bevorstehenden Wechsel nach Bad Saarow erzählte, versprach er mir, bei allem zu helfen. Es gab keine bessere Lösung. Ein bisschen ist es wie eine Flucht, aber ich verdiene dort auch entschieden mehr und die Sozialleistungen sind wesentlich besser.

Ich bin gerade dabei, mir einen Termin bei Herrn Wegener geben zu lassen. Für mich war dies ein leichtes Unterfangen. Er freute sich, dass *ich* einen Termin bei *ihm* haben wollte. Diesmal freiwillig. Als er den wahren Grund für mein Kommen erfuhr, war sein Entsetzen groß. Wahrscheinlich wurde ihm jetzt erst bewusst, dass er mit seinen Nötigungen nur das Gegenteil erreicht hat. Er konnte mich nicht für sich gewinnen, sondern hatte mich sogar zu einer Kündigung getrieben. Er bestand natürlich auf die Kündigungsfrist und gibt vor, bei seiner Meinung zu bleiben. Ich hoffe, er wird noch einmal darüber nachdenken. Spätestens, wenn er merkt, dass ich es ernst meine und diesen Brief nicht wieder zurücknehme. Er merkte auch, dass ich Umzugsvorbereitungen traf und alles organisiere. Als ich um diesen Termin gebeten hatte, fragten sich meine Kolleginnen natürlich, warum ich freiwillig zum Direktor wollte. Ich konnte ihnen noch nichts sagen, da sonst alle anderen vor Herrn Wegener Bescheid gewusst hätten. Solche Nachrichten verbreiten sich in Windeseile. Nun kann ich es offiziell machen und um Umzugshilfe bitten. „Andrea, kannst du mir helfen, eine kleine Ferienwohnung in Bad Saarow zu finden? Sie muss auch für Vater geeignet sein. Die Möbel und einige Umzugskisten kann ich in einer Scheune zwei Dörfer weiter abstellen. Diese ist nicht weit entfernt, so dass ich schnell an meine Kisten und Kartons herankomme." „Ja, das mache ich gerne." Sie telefonierte mit einer Vermietung für Ferienwohnungen in Bad Saarow. Diese waren aber für uns unerschwinglich. Für eine längere Zwischenlösung viel zu teuer. Sie war schon total verzweifelt. Daraufhin weitete sie die Suche auf Google aus und fand eine erschwingliche Einliegerwohnung im Nachbarort.

Der Tag des Umzugs war gekommen und wir starten in einen neuen Lebensabschnitt. „Schnell, Papa, nimm den Hund und dann ab ins Auto! Ich werde die Wohnungsschlüssel beim Nachbarn abgeben. Er bringt sie dem Vermieter. Das hatte ich ihm in einer E-Mail geschrieben. Hast du eigentlich die Anwaltsrechnung bezahlt?", fragte ich Vater total hektisch. „Ja, Lara, das habe ich. Ich bin gespannt, wie lange der ehemalige Vermieter die Mietkaution einbehält. Damit hätte ich die Ausgaben für den Anwalt wieder reingeholt." Ich klingelte bei Herrn Lehmann an der Wohnung gegenüber. Er öffnete sehr schnell die Tür. Ich dachte mir schon, dass er das Treiben bei uns heimlich beobachtete. „Herr Lehmann, hier ist unser Schlüssel. Wenn der Vermieter noch etwas von mir will, kann er gerne anrufen. Er hat ja meine Nummer." „Ja, ich gebe den Schlüssel weiter. Wo ziehen Sie denn hin? Haben Sie eine schöne neue Wohnung?" „Ja, wir haben eine tolle Wohnung und die neue Anschrift hat Herr Bauer." „Na gut, dann alles Gute noch mal", sagte Herr Lehmann pikiert. Nachbarn sind furchtbar neugierig. Es ging ihn nichts an. Ganz einfach. Soll er meinen Wohnungsnachfolger ausfragen über deren Vorleben. Das ist mir jetzt alles egal. „Wir müssen los", sagte einer meiner Umzugshelfer, „sonst kommen wir auf der Autobahn in einen Stau. Es sind sehr viele Lkws nach Polen unterwegs. Wir hätten den Transport am Sonntag machen sollen", stellte er fest, „dann haben sie Fahrverbot." Heute ist Sonnabend, mal sehen, wie voll es wird, ich möchte unsere zwanzig Umzugskisten und die ganzen Möbel heute noch in der Scheune abstellen. Wenn am Sonntag so ein extremes Gewusel auf dem Hof des Bauern herrscht, beschweren sich noch die Nachbarn die sich beim Kirchgang gestört fühlen. Und es war voll auf der Autobahn!!! Nach gefühlten fünf Stunden (eigentlich waren es nur zwei Stunden, 55 Minuten und 233 Kilometer) standen wir mit unseren drei Autos und einem Pferdehänger vor der Scheune in Buckow. Dem Buckow bei Beeskow nicht in der Märkischen Schweiz. Die Mutter des Bauern öffnete uns das riesige Scheunentor. Paulchen war begeistert „Mutti, sieh mal, da steht ein Traktor! Oh, und da noch einer! Warum sind das so viele?" Für ein Kind sind zwei schon viele Traktoren. Die Mutter des Bauern sagte: „Da musst du Klaus fragen. Der kommt aber erst spät in der Nacht vom Acker." „Dann ist es doch schon dunkel? Dann sieht er doch nichts mehr und weiß nicht, wo er lang fährt" sagte Paulchen irritiert. Das weiß der Mähdrescher alleine!" „Waaaaaaaaaas?", rief Paulchen ganz aufgeregt, „das ist ja Zauberei!" „Manchmal denke ich das auch" antwortete Frau Zimmermann mit ihrer sanften und gütigen Stimme. Sie fragte uns alle, ob wir Hunger und Durst hätten. Sie hatte gerade eine riesige Portion Hefeklöße mit Pflaumensoße gekocht und selbstgemachter Apfelsaft wäre auch noch da. Sehr erschöpft von der Fahrt und dem Ausladen der Kartons, nahmen wir ihr Angebot dankend an. Der Bauernhof lag ganz am Ende des Dorfes und wir hatten eine herrliche Aussicht auf die wunderschöne weitläufige Landschaft mit großen Feldern und langen Hecken. Und so endete unser erster Tag in der neuen Heimat. Unsere Freunde verabschiedeten sich am späten Abend von uns und wir fielen außergewöhnlich erschöpft in die Betten unserer Einliegerwohnung.

Der erste Arbeitstag

Wir hatten uns schon etwas in Bad Saarow eingelebt. Es ist hier wunderschön und es sind sehr viele Touristen unterwegs. Viele Berliner, die Tagesausflüge machen, aber gerade jetzt in den Ferien auch viele Urlauber, die sich in den Ferienhaussiedlungen in Bad Saarow oder Wendisch Rietz eingemietet haben. Auch Tagesgäste der Saunalandschaft „Satama" sind reichlich. Mir kommt es vor, als wenn es viel mehr Gäste als in Waren sind. Die Wohnungssuche gestaltet sich etwas schwierig. Der Eingang der Wohnung muss im Erdgeschoss und rollstuhlgerecht sein. Ein Fahrstuhl im Haus ginge auch. Dann spielt die Etage keine Rolle mehr. Vielleicht ergibt sich nach meinem ersten Arbeitstag etwas Neues. Meine Kolleginnen haben vielleicht eine Idee. Ich frage meine beiden Männer erst einmal etwas nervös und aufgeregt: „Paulchen, was hast du heute mit Opa und Floh vor?" „Ich weiß es noch nicht. Ich rufe dich dann an und sage dir Bescheid, was wir machen und wann wir wieder da sind." Mein Vater bemerkte meine Nervosität. Er sagte: „Lara, wir werden uns noch etwas umsehen. Ich kann noch einmal im Bahnhofshotel vorbeischauen vielleicht haben sie dort eine Idee, wo oder wie wir eine passende Wohnung finden. Mach dir keine Sorgen wegen deinem ersten Arbeitstag. Du hast die Stelle nicht umsonst bekommen. Die wissen, dass du gut bist und deine Arbeit beherrscht. Sie werden dich sicher nicht am ersten Arbeitstag überlasten." „Ja, das weiß ich, aber ich vermisse Andrea jetzt besonders. Alle Kolleginnen sind neu und komplett unbekannt. Ich weiß gar nicht, was mich erwartet." „Keine Panik! Wenn du dir unsicher bist, rufe mich einfach an. Suche dir jemanden, der dir auf den ersten Blick sympathisch ist, und halte dich an ihn. Es wird dir keiner den Kopf abreißen, nicht am ersten Arbeitstag", sagte Vater lachend. Mir ging es schon etwas besser nach diesem liebevollen Gespräch. Er hat mich immer beruhigt, wenn ich aufgeregt war. Schon von Kindertagen an. Er hat ein Gespür dafür. So sind Väter nun mal. Jedenfalls die meisten. Nachdem ich im Hotel angekommen war, wurde ich sofort herzlich aufgenommen. Ich fragte nach den Umkleideräumen und dort traf ich dann auch auf die ersten neuen Kolleginnen. Auf dem Flur dann auch Kollegen. Dass Männer in diesem Bereich arbeiten, kannte ich aus den Hotels, in denen ich gearbeitet hatte, noch nicht. Gehört hatte ich davon schon einmal. Das soll an der örtlichen Nähe zu Polen und am hohen Arbeitskräftebedarf in diesem Hotelbereich liegen. An der Ostsee auf Usedom ist es auch so. Etwas ungewohnt, aber warum nicht. Jedenfalls haben hier die männlichen Kollegen keine Schürzen an wie in Trassenheide. Die Hausdame, Frau Schiller, erklärte mir alles ausführlich und zeigte mir das ganze Haus. Es ist sehr modern. Ich hatte mir alles im Internet angesehen. Meine Aufregung legte sich schnell. Spätestens beim hauseigenen Mitarbeiteressen war alle unbegründete Angst verflogen und ich fühlte mich sehr sicher. Ich machte es, wie mir Vater geraten hatte und hielt mich an eine Kollegin, das war Martina. Martina arbeitet schon seit der Eröffnung in diesem Hotel, das gab mir noch mehr Zuversicht. Paulchen hatte mich mittags angerufen und mir berichtet, dass er mit Opa beim Kinderspielplatz in Petersdorf war. „Wo man drinnen spielen kann", sagte er mir. Es muss ein spannender Tag gewesen sein im „Indoorspielplatz Scharmützelbob". Trotzdem mein Vater die ganzen Aktivitäten nur beaufsichtigen kann, bereitet es ihm genauso viel Vergnügen, wie das Mitmachen. Er kann die Kindheit von Paul mehr genießen, als ich. Dafür verbringe ich meine freien Tage intensiv mit meinem Sohn. Wir gehen gerne Eis essen und ins Kino. Manchmal fahre ich mit ihm auch in Spaßbäder der Umgebung. Im Spreewald soll es auch ein sehr schönes geben, „Tropical Islands" in Krausnick. Es ist riesig, bekannt und beliebt. Wir werden alles erkunden. Mein erster Arbeitstag war sehr gut. Es ist ein tolles Team, welches mich sofort gut aufgenommen hat. Der Hoteldirektor stellte sich mir auch persönlich vor und wünschte mir gutes Gelingen am neuen Arbeitsplatz.

Als ich in der Ferienwohnung ankam, wurde ich regelrecht von meinem Sohn überfallen. Er sprühte vor Begeisterung und hörte gar nicht mehr auf zu reden. Erst der Spielplatz, dann das kleine Eiskaffee, das eigentlich eine Bäckerei ist und vieles mehr. So viel Neues. Da mich Herr Wegener doch mit einem Aufhebungsvertrag sofort freigestellt hatte, konnte ich noch 14 Tage Resturlaub nehmen. In dieser Zeit haben wir schon viel in Bad Saarow erkundet, aber es gibt immer wieder etwas Neues zu entdecken. Das wird wohl noch eine ganze Weile so bleiben. Ich muss heute Abend nach Buckow fahren und einige Dinge aus unseren Kisten in der Scheune holen. „Paulchen, hast du Lust mit nach Buckow zu kommen? Er war begeistert: „Oh ja, vielleicht gibt es wieder Hefeklöße!" „Hat das Eis heute noch nicht gereicht?" Darauf meinte er: „Süßigkeiten kann ich nicht genug kriegen." „Das ist nicht gut für deine Zähne. Vielleicht gehen wir heute eine Pizza essen. Wie wäre das?" „Das wäre toll. Hier am Bahnhof?" Als wir auf dem Bauernhof ankamen, stand dort ein riesiger Mähdrescher auf dem Hof. Paulchen war begeistert. Ich dachte nur, dann kann der Bauer nicht weit sein kann. So war es aber nicht. Wir klingelten am Bauernhaus. Paulchen fand den Klingelton so toll, dass er Sturm klingelte. Es war Hundebellen, schon eher ein Kläffen, was jeden ungebetenen Gast abschreckte. Die Mutter des Bauern hatte uns kommen sehen und sich deshalb auch über das Gekläffe ihrer Klingel nicht gewundert: „Ich dachte mir, dass dir das Bellen gefällt. Wollt ihr an eure Kisten in der Scheune?" „Ja, ich benötige einige Sachen für Paul und für mich. Vater ist da nicht so anspruchsvoll. Drei Shirts, drei Jogginghosen und eine Jeans reichen ihm. Da kann ich reden wie ich will." Aber langsam findet er hier neue Freunde, das ist wichtiger. Paulchen fragte aufgeregt: „Warum steht der Mähdrescher auf dem Hof? Ist Klaus mit dem Mähen fertig? Darf ich da mal raufklettern?" Ich musste ihn bremsen und sagte: „Nein das geht nicht, das ist zu gefährlich, weil es zu hoch ist." „Das stimmt. Da hat deine Mutti Recht. Wenn Klaus da wäre, wäre es etwas anderes. Er könnte dich sicher mit raufnehmen. Der Mähdrescher ist kaputt. Klaus hat sich einen anderen geborgt. Er muss heute noch fertig werden. Für morgen ist Regen angesagt." „Dann kommen wir wieder, wenn er da ist. Habt ihr eigentlich auch Tiere?" „Ja, wir haben Kühe. Aber keine für Milch, sondern zur Fleischproduktion. Natürlich auch normale Hoftiere, viele Katzen in den anderen Scheunen gegen die Mäuse und einen Hund. Der ist aber gerade im Dorf unterwegs", erklärte die Bäuerin. „Das kennen wir. Floh hat das auch schon oft gemacht", sagte der Kleine. In dem Augenblick hörte ich aus einiger Entfernung einen Mähdrescher näherkommen und dachte noch: „Jetzt kommt der Bauer und wir haben keine Zeit mehr. Leider!" Für meinen Sohn ist es schade, aber wir haben noch einen Termin für eine Wohnungsbesichtigung. Wir verabschiedeten uns von Frau Zimmermann, nachdem wir einige Sachen aus der Scheune in eine große Sporttasche geräumt hatten und noch ein riesiges Stück Pflaumenkuchen zum Kaffee mitbekamen. Als wir in das Auto stiegen, sah ich im Rückspiegel, wie der riesige Mähdrescher vor dem Hoftor stehen blieb. Was ich dann sah gefiel mir sehr: ein äußerst attraktiver, muskulöser aber trotzdem sehr schlanker Mann entstieg dem riesigen Ungetüm von Landmaschine und öffnete das Hoftor. Wenn ich das nächste Mal an meine eingelagerten Scheunenkisten muss, werde ich warten, bis Bauer Klaus auf dem Hof ist. Ich konnte zu diesem Zeitpunkt nicht ahnen, ihn schneller wiederzusehen, als gedacht.

Wohnungssuche im Schnellverfahren

Als wir wieder zurück in Saarow waren, ging mir natürlich der attraktive Bauer nicht mehr aus dem Sinn. Es nutzte nichts, wir hatten einen Termin mit einer Dame von der Wohnungsverwaltung Bad Saarow. Sie wolle uns zwei Wohnungen zeigen, sagte sie, als sie mich mittags anrief. Eine direkt im Zentrum und die andere ganz in der Nähe des Hotels. Zuerst schauten wir uns die zentrale Wohnung an. Sie hatte drei Zimmer, Bad, Gäste-WC und eine Einbauküche. Unten war das Wohnzimmer mit sogenannter amerikanischer Küche. Mit anderen Worten Küche im Wohnzimmer. Ein Büro war im Erdgeschoss und das Gäste-WC mit einer kleinen Dusche. Aus dem Büro könnten wir das Schlafzimmer für Vater machen, das ginge, aber oben ist nur ein Zimmer und das größere Bad mit großer Dusche. „Ich kann mir nicht ein Zimmer mit Paulchen teilen. Das geht gar nicht. Also müssen wir uns die nächste Wohnung in der Nähe vom Hotel ansehen", gab ich zu bedenken. Die zweite Wohnung hat vier Zimmer, ist ebenerdig und hat einen winzigen Garten mit Terrasse, der sogar eingezäunt ist. Wir könnten früh den Hund einfach erst mal ohne Aufsicht in den Minigarten lassen. Das verschafft uns ein bisschen mehr Zeit zum Munterwerden. Die Zimmer liegen alle auf einer Ebene und gehen von einem langen Flur ab. Gleich rechts das große Bad, daneben ein kleines Büro (Vaters Schlafzimmer), welches ziemlich verwinkelt geschnitten ist, dahinter auch rechts das große Wohnzimmer. Die Küche ist geradeaus mit kleinerem Fenster in den wunderschönen und gut gepflegten Innenhof. Auf der linken Seite sind noch zwei relativ große Schlafzimmer. Das Wohnzimmer hat zwei Fenster, davon ist eines die Terrassentür. Ich schaute meinen Vater an und sagte: „Die nehmen wir. Sie ist groß genug und für alle geeignet. Die Miete ist zwar hoch, aber dann müssen wir deine Rente mit dazu nehmen." „Gut, dann können wir morgen in meinem Büro den Mietvertrag unterschreiben. Ich schlage vor, Sie lassen sich beide eintragen. Die Mietkaution können Sie in drei Raten zahlen", sagte die Gemeindemitarbeiterin.

„Sehr gut, dann haben wir heute einen Grund zum Feiern und gehen Pizza essen", sagte ich zu Paulchen. Er war begeistert und wir fuhren wieder Richtung Bahnhof. In der Pizzeria saßen viele Gäste. Es war auch recht laut, daher beschlossen wir, zur Dampferanlegestelle zu fahren und in der „Pechhütte" essen zu gehen. Paulchen war zwar ziemlich wütend, dass es keine Pizza gab, aber er hat dann doch noch etwas auf der Speisekarte gefunden, was ihm gefiel. Ich saß mit dem Rücken zur Tür, was ich eigentlich nicht gerne mache. Diesmal sollte es sich aber als Vorteil herausstellen.

Am hinteren rechten Tisch saß ein attraktiver Mann, der intensiv in seinen Geschäftspapieren las und sich Notizen machte. Ich dachte bei mir: „Der könnte mir gefallen, aber sicher ist er verheiratet und hat drei Kinder. Warum sollte gerade ich, ein einfaches Zimmermädchen, bei einem solch tollen Typen Chancen haben?" In diesem Augenblick blickte er auf und sah direkt zu mir. Dachte ich zumindest und wurde rot. Mein Vater, der mir gegenübersaß, wunderte sich und drehte sich um. Er lächelte, als ich merkte, dass der Blick des interessanten Mannes nicht mir galt, sondern dem Restaurantleiter der hinter mir gerade den Raum betrat. Er ging zu dem elegant gekleideten Mann und setzte sich zu ihm. Ich belauschte, wie sie sich über unterschiedliche Getränkesorten unterhielten. „Also ein Vertreter für Getränke", dachte ich so bei mir. Doch nur ein normaler Typ. Mir war das alles peinlich. Sogar das Flirten hatte ich verlernt. **Es ist nicht alles so, wie es scheint...**

Irrungen und Wirrungen

Nun arbeitete ich schon 14 Tage in dem für mich neuen Hotel und wir hatten jetzt auch eine eigene Wohnung. Die Kirche nebenan ist die Hochzeitskirche von Anny Ondra und Max Schmeling, die dort am 22.07.1933 geheiratet haben. Sie lebten lange in Bad Saarow.

Andrea hatte jeden zweiten Tag angerufen und mir ihr Leid geklagt. Sie vermisst mich sehr, aber ich sie auch. Mir fehlte leider die Zeit, um sie anzurufen. Das verstand sie auch. Wenn die neue Wohnung fertig eingerichtet ist, will sie mich besuchen kommen. Hier hatte ich mich schnell mit Martina angefreundet, die mir so toll durch den ersten Arbeitstag geholfen hatte. Das Hotel ist wesentlich größer, als das in Waren. Es gibt mehr Arbeit, aber die Organisation der Abläufe ist viel besser. Weniger Stress, regelmäßige Schichten und somit mehr Planungssicherheit für das Privatleben. Paulchen hat morgen seinen ersten Schultag in der neuen Schule. Er kann nahtlos in die neue Klasse übergehen. „Na, mein Kind, bist du sehr aufgeregt wegen morgen?" Paulchen sagte, um mich zu beruhigen: „Nein, Mutti, mach dir keine Sorgen, ich kriege das schon hin." Danach gab es noch Anweisungen von mir: „Das weiß ich. Ich bringe dich morgen noch schnell rüber, es sind ja nur 400 Meter und ich hole dich auch wieder ab. Es ist eine vielbefahrene Straße dazwischen. Keine Widerrede!" Seine Antwort kannte ich schon vorher. Deshalb hatte ich auch einen strengen und bestimmenden Tonfall. „Na gut. Das ist aber peinlich!" „Nein, ich übergebe dich persönlich deiner neuen Klassenlehrerin, wenigsten am ersten Tag." „Ok."

Zurzeit ist alles sehr viel für mich und meine Männer. Die neue Einschulung von Paul, der Einzug in die neue Wohnung und die neue Arbeitsstelle. Wieder muss ich einen Umzug organisieren. Diesmal sind es nur wenige Kilometer, aber trotzdem benötige ich mindestens einen Transporter, zwei starke Männer und zwei zusätzliche Helferinnen. Martina hat mir schon ihre Hilfe zugesichert und unsere Dienstpläne haben wir auch aufeinander abgestimmt. Ich werde mir gleich heute bei Toom in Fürstenwalde einen Transporter reservieren. Natürlich muss ich noch heute Frau Zimmermann anrufen und ihr sagen, dass ich meine Kisten und Möbel aus ihrer Scheune hole. Das werde ich sofort tun. Ich wählte die Nummer aus Buckow. Es klingelte eine ganze Weile. „Zimmermann", sagte eine laute, raue Männerstimme. Ich war kurzzeitig sprachlos. „Ist da keiner?".Sollte das der sexy Bauer sein? Ich fand meine Sprache wieder und sagte: „Hier ist Lara Olsen, ich wollte eigentlich Frau Zimmermann sprechen." „Die ist zum Arzt." „Oh ich hoffe, nichts Ernstes? Ich wollte ihr nur sagen, dass ich meine Kisten und Möbel aus der Scheune hole und sie fragen, ob sie zwei starke männliche Helfer kennt, die mir die ganzen Sachen in den Transporter laden und in die Wohnung stellen." „Kann ich ja machen! Mit meinem Kumpel Helmut", kurze Pause und dann: „aber nur bei schlechtem Wetter." "Das wird schwierig, ich kann ja nicht bei Toom anrufen und sagen, ich hätte gerne zum übernächsten Wochenende einen Transporter, aber nur bei schlechtem Wetter. Die sind fast ausgebucht." Entgegnete ich schlagfertig. „Das stimmt. Ich melde mich wieder. Gib mir deine Nummer!" „Ja, 015243361. Danke!", sagte ich in militärischem Ton. „OK, bis dann." Was ich nicht wusste: die Mutter von Klaus hatte ihm von dem niedlichen Mädchen aus Waren mit dem neugierigen Sohn erzählt. Das hatte natürlich sein Interesse geweckt. Das wollte und konnte er aber nicht zugeben. 30 Minuten später hatte er mit Helmut gesprochen und sich zur Umzugshilfe verabredet. Helmut hatte eine Aushilfe für seinen Hof zur Hand, die auch gleich bei Klaus mit einsprang. Er sendete Lara eine WA Nachricht, dass Helmut und er ihr helfen würden. Die Spannung, sie endlich kennen zu lernen, stieg bei ihm, aber er wollte sich das nicht eingestehen. Lara dachte: „Was für ein Wiederspruch, so ein toller Typ, aber so ein ruppiger Ton. **Oder ist es nur eine raue Schale, aber ein weicher Kern...**"

Der nächste Tag war aufregend für uns. Paulchen holte seine Schulmappe, die er diesmal wirklich gründlich und selber gepackt hatte und wir machten uns auf den Weg. Nach kurzem Überlegen entschlossen wir uns, hinter der Wohnung die Straßenseite zu wechseln und an der amerikanischen Pizzeria vorbei zum Kreisverkehr zu gehen und dann weiter an Edeka vorbei bis zur nächsten Verkehrsinsel am Parkhaus. Dort konnten wir dann kindersicher über die Straße gehen. Es waren nur noch 200 Meter bis zum neuen Lebensabschnitt für meinen Sohn. Er war etwas unsicher. Ich sagte: „Mach dir keine Sorgen, deshalb bin ich ja mitgekommen. Wir hatten uns die Schule ja schon einmal angesehen und auch die Räume angeschaut. Jetzt suchen wir nur noch deine neue Klassenlehrerin und sie wird dir dann deine Klassenkameraden vorstellen. Du wirst sicher schnell Freunde finden. Genauso wie dein Opa und ich. Ich glaube, der Sohn von Martina ist auch in deiner Klasse." „Ja, ich weiß, morgen ist alles besser." Wir suchten Frau Kaiser, sie nahm Paul liebevoll in Empfang und ich konnte mich beruhigt zurückziehen. Ich musste mich auch schon etwas beeilen, denn in einer Stunde begann mein Dienst.

Die Schicht wurde heute wegen Paul etwas verkürzt, dafür arbeite ich irgendwann etwas länger. Das geht in diesem Hotel alles ganz flexibel. Vielleicht hätte ich diesen Schritt schon zeitiger machen sollen, dann wäre mir einiges erspart geblieben. Auf dem Rückweg traute ich meinen Augen nicht. Ich sah diesen interessanten Mann aus der „Pechhütte" wieder. Dieses Mal ging er zu Edeka. Sicher, um dort sein Bier zu vertreiben. Ich schlenderte an der Therme vorbei, ein bisschen am See entlang und träumte von dem sexy Bauern und dem eleganten Biervertreter. Mit einmal schrak ich zusammen, als mein Vater mich ansprach. Er kam mir mit Floh entgegen. „Wovon oder von wem träumst du denn?" „Mir geht der Bauer nicht mehr aus dem Kopf, er war am Telefon so ruppig. Anderseits hilft er uns beim Umzug. Den eleganten Bierverkäufer aus der „Pechhütte" habe ich auch gesehen. Er hatte einen Blick, als ob er mich erkannt hätte, aber mich nicht einordnen könnte." „Lass uns erst mal den Umzug hinter uns bringen, dann kannst du immer noch auf Männerfang gehen." „Da hast du Recht Papa, und da sehe ich auch Klaus wieder. Ich muss weiter, die Arbeit wartet." Als ich mich umgezogen hatte und etwas an der Rezeption abgeben musste, traute ich meinen Augen kaum. Der elegante Typ ist Gast in unserem Hotel. Er fragte gerade nach seiner Post. Da bemerkte ich, dass es sich nicht um irgendeinen Biervertreter handelte. Er war der bekannte Brauereibesitzer Rudolph Buchwald, der unter anderem eine große Brauerei auf Usedom besitzt. Ich hatte in der Zeitung gelesen, dass er sein Imperium nach Berlin ausdehnen wollte und ein

Haus hier am See gekauft hat. Was wollte er dann in unserem Hotel? Vielleicht wird mir ja sein Zimmer zur Reinigung zugeteilt? Ich finde ihn so interessant. Ich glaube, ich wurde wieder rot, als sich unsere Blicke trafen, aber diesmal war es kein Zufall. Er rückte noch mehr für mich in weite Ferne. Er sah nicht nur gut aus, sondern war auch noch reich. Erst recht nichts für ein armes Zimmermädchen.

Nun träumte ich nicht nur mit offenen Augen von den beiden Männern, sondern konnte nachts nicht mehr schlafen. Mein geheimer Wunsch erfüllte sich sogar: ich war das Zimmermädchen von Rudolph Buchwald. Nach einigen Tagen kannte ich auch den Grund für seinen Aufenthalt. Sein Haus am See wird noch renoviert. Hoffentlich zieht es sich noch eine Weile hin. Ich genieße seine Anwesenheit, obwohl er nicht da ist und nur sein Duft noch im Raum schwebt. Sein Aftershave geht mir nicht mehr aus dem Sinn. Ich träume davon, wie es wäre, meinen Kopf an seine Brust zu schmiegen oder gar Sex mit ihm zu haben. Ich erzählte Martina davon. Wir waren jetzt richtig gut befreundet und vertrauten uns. Es ist eigentlich verboten, eine Beziehung zu Gästen zu haben. Sie sagte mir, dass sie auch schon zweimal eine Affäre mit Touristen hatte. Sie hat sich dann mit diesen Männern an ihren freien Tagen in anderen Hotels getroffen. Dies erzählte sie mir „rein zufällig", nachdem sie mir sagte, dass sich Rudolph Buchwald direkt bei ihr nach mir erkundigt hatte. Was sollte ich davon halten? Warum unternahm er dann keinen Annäherungsversuch? Eines Tages steckte mir Martina einen Brief von Rudolph zu. Sie war natürlich auch sehr neugierig und ich öffnete ihn in ihrer

47

Anwesenheit. Er wollte sich mit mir im „Café Dorsch" treffen. Dort gibt es eine sehr schöne Cocktailbar. Bei anregenden Gesprächen kamen wir uns so nahe, dass sich unsere Lippen berührten und wir uns leidenschaftlich küssten. Er fragte mich zärtlich: „Möchtest du die Nacht mit mir verbringen?" Ich konnte nur ein leises „Ja" hauchen. So begann alles, was mit einem Anruf bei meinem Vater (wegen Paul) und vielen Nächten im „Hotel Arosa" endete. Ich rief meinen Vater nicht nur einmal an. Es waren die schönsten erotischen Nächte, die ich bis dahin hatte.

Der Umzug

Der Sonnabend des Umzugs ist gekommen. Gott sei Dank ist das Wetter schlecht und ich brauchte kein schlechtes Gewissen haben, dass ich Bauer Klaus von seiner Arbeit abhalte. Ich fuhr mit Vater zusammen nach Fürstenwalde und holte den Transporter von Toom ab. Er brachte sein behindertengerecht umgebautes Auto zurück zur neuen Wohnung und wartete dort auf uns. Ich hievte Paulchen, der mit Martina auf uns gewartet hatte, auf den Beifahrersitz des Transporters und wir fuhren nach Buckow. Dort warteten die Männer schon auf unseren gepackten Kisten. Klaus sah genauso attraktiv aus, wie ich ihn in meinem Rückspiegel gesehen hatte. Auch er dachte: „Mutter hat recht gehabt, sie ist wirklich niedlich mit ihren kurzen dunklen Haaren und der zarten Figur. Der Kleine ist wirklich ziemlich aufgeweckt." Helmut war mindestens 1,80 Meter und hatte beeindruckend breite Schultern. An seinem Jeep war ein Anhänger mit Plane angebracht. Ich konnte den Blicken von Klaus kaum widerstehen und hatte sicher einen dauerhaften Rotton im Gesicht. Aber sicher nicht wegen der Anstrengung. Ich brauchte kaum etwas tun. Die beiden Männer hatten in Windeseile alles auf dem Anhänger, im Transporter und in den Autos verstaut. Natürlich nach meinen Anweisungen. Ich musste ja wissen, in welchem Auto sich welche Kisten befanden. Paulchen strolchte die ganze Zeit auf dem Hof herum. Diesmal war auch der Hund da und die kleinen Kätzchen fand er auch ganz toll. Ich musste ihn erst eine Weile suchen. Nach zwei Stücken Pflaumenkuchen und zwei Tassen Kaffee hat unser Konvoi den Bauernhof verlassen. Ich konnte Frau Zimmermann nur noch zurufen: „Danke für die Bewirtung und Paulchen würde gerne wiederkommen!" „Kann er gerne machen, ruft nur vorher an." Im Stillen dachte sie noch so: „Klaus freut sich sicher auch." Am Ziel angekommen, musterten unsere Umzugshelfer erst mal die Wohnung. „Nichts für Bauern", sagte Klaus, „zu vornehm. Wir sind immer dreckig, bis wir aus dem Bad kommen", und lachte. Ich merkte, dass er damit seine Unsicherheit verbergen wollte. Als wir uns beim Ausladen der Kisten aus Versehen berührten, war es, als wenn Funken sprühten. Es war also doch keine Einbildung, dass er verhalten mit mir flirtete. Ich glaube, es ist so seine Art, nicht so offensiv wie Rudolph. Was sollte ich tun, wenn er sich entschließen sollte, auch um mich zu werben? Und so kam es dann auch. Als wir mit dem Ausladen fertig waren, lud er mich zu einem Fest ein. Aber zuvor hatten die Männer noch die Betten und Schränke aufgebaut, so dass meine

Familie in der eigenen aber noch chaotischen Wohnung schlafen konnte. In einem Dorf fand eine Country-Party statt. Das finde ich auch toll und sagte zu. „Kisten auspacken kann ich auch morgen noch", dachte ich. Er war sehr charmant und aufmerksam, erzählte von seinen Zukunftsvorstellungen für den Hof. Dass er geschieden sei und zwei Söhne hätte, die ihn aber selten besuchen würden. Es sei schwierig für ihn, eine Frau zu finden, die die witterungsbedingten Arbeitszeiten toleriere. Ganz nebenbei sagte er noch, dass er mich ganz süß findet. Eine sehr defensive Art zu flirten. Ich war hin- und hergerissen nach diesem Abend. Rudolph sprach nie von einer gemeinsamen Zukunft mit mir. Realistisch betrachtet, ist es eine rein sexuelle Beziehung. Geht es so weiter, wenn sein Haus am See fertig ist? Oder wird er mich dann fragen, ob ich bei ihm leben möchte? Bei Klaus könnte ich mir dessen sicher sein. Eventuell ein Mann mit Geld und großem Haus am See oder eigene Wohnung und ein Leben auf dem Bauernhof - und das garantiert? Eine schwierige Entscheidung. Ich sagte Klaus auch ganz ehrlich, dass es einen weiteren Mann gibt und ich einige Zeit benötige, um zu entscheiden, was mein Herz mir sagt. Ich hatte mir noch den Montag frei genommen, packte die restlichen Kisten aus und dachte sehr viel nach. Vater holte mit Floh Paul aus der Schule ab. Es wird bald nicht mehr nötig sein. Er muss keine Straße überqueren und kann durch den Park an der Therme laufen. Das schafft er schon alleine. Ich telefonierte oft mit Klaus und er lud mich zum Kaffee und Abendessen ein. Wir kamen uns trotz seiner zurückhaltenden Art näher. Ein charmanter, gutmütiger, liebenswerter und intelligenter Mann. Jetzt weiß ich, dass ich *ihn* liebe. Es ist anders als bei Rudolph. Nicht der Sex steht im Vordergrund, sondern der Mann und der Umgang miteinander und die Geborgenheit, die mir seine Liebe gibt. Ich entschied mich für Klaus und das habe ich nie bereut. Ich behielt meine Wohnung in Bad Saarow und verbrachte meine gesamte freie Zeit mit Paul bei Klaus auf dem Bauernhof.

Und wenn sie nicht gestorben sind, so lieben sie sich noch heute.

Schlusswort

Nur die Gefühle zählen. Kein Altersunterschied, Reichtum oder die Zeit, die man miteinander verbringen kann. Auch eine Wochenendbeziehung mit einem wesentlich älteren Mann kann wunderschön sein, wenn man sich liebt. Das war sie über 14 Jahre. Lieber einen tollen Mann, mit dem ich glücklich bin. Auch wenn es nur am Wochenende ist. Keinen Partner um jeden Preis, nur um versorgt zu sein und das ohne Liebe. Das macht auf Dauer unglücklich. Schade um die Lebenszeit. Lieber Single bleiben und auf den Richtigen warten.

Ich wünsche euch viel Glück bei der Suche nach den Schmetterlingen im Bauch.

„Man darf niemals nach dem Glück suchen, man trifft es zufällig auf seinem Weg."

Isabelle Eberhardt